Packies histoire pour enfants, enfin presque !
« Lettre d'amour maladroite d'un enfant de 57 ans »
(foutradébilobordeliquecarnetdevoyageentotalelibertécosmiquecomique)

Tonton Flingueur

Packies histoire pour enfants, enfin presque !

« Lettre d'amour maladroite d'un enfant de 57 ans »

(foutradébilobordeliquecarnetdevoya geentotalelibertécosmiquecomique)

Nouvelle

LE LYS BLEU
ÉDITIONS

ISBN : 979-10-377-5266-6

À ma femme et mes enfants
(petites « biques » à mouah)

La main qui trifouille dans mes cheveux et qui descend le long de ma nuque me sort de ma torpeur, me procure de langoureux frissons et la sensation d'être bien vivant, bien emmitouflé dans le « barlaine » de ma femme (en position fœtale, lové au creux de ses bras, épousant ses douces formes).

— Day O, day O ? OH boulot §

— Bonjour femme ! mouah Tarzan (non, là je me la pète), c'est plus un mmmm – herie mmmhm – encore.

— Hey bouge de là « Sheetah » ! au taf que je squat « le pieu » à l'aise genre étoile de mer tu vois…

— Mouaih tu as l'âme poétesse petites fesses (gratuit juste pour la rime).

— Tu sais, j'ai fait un rêve zarbi cette nuit, tu vas encore te moquer mais je rêvais que j'écrivais une bafouille et en plus qu'elle serait éditée, un vrai succès. Je sais c'est con…

— Allez au boulot ! réalité ! Mr LONDON JACK !

— Je t'aime zoubi… ah ! l'appel de la forêt…

Vous allez penser, qui est ce vieil inculte qui a la prétention de pouvoir écrire une nouvelle voire un livre ! vous avez sans doute raison mais ce vieil ignare a bien voyagé, s'est bien marré, en a bavé aussi, et a ressenti un bon vent de liberté sur son chemin n'est-ce pas là le but des mots et de l'imaginaire… GRACIAS A LA VIDA… « CANTO LIBRE »…

LES AILES ME POUSSENT RÉTROPÉDALAGE voire RETROVOLAGE… hum désolé…

Il y a très longtemps dans une époque oubliée de l'homme vivaient des petits êtres étranges (bugal en noz* en breton) (*les enfants de la nuit) mi-lutin mi-farfadets, des légendes anciennes les affublaient de toutes sortes de noms farfadets, poulpiquets, kornils, teuzs, elfes… et que sais-je encore mais il n'en est rien ils s'appelaient, PACKIES, je sais c'est con ! mais c'est comme ça ils ne possédaient aucun pouvoir surnaturel ni aucun secret particulier.

Okay tu vas me dire que je te charrie qu't'en as rien à « branler » de ces petites bestioles d'un autre temps… qui ne sont pas foutus de te chambouler la chetron dans un pays fantastique rempli de fées de sorcières de dragons d'aventures pour tes nuits de têtes à têtes endormies, ben tu vois moi j'ai eu la chance d'en rencontrer un après une soirée, peut-être un peu plus arrosée que d'habitude, je l'avoue et franchement ça fout les « j'tons » comme un rêve en super 8 (pour les très jeunes, c'est l'ancêtre des vidéos ou autres stories), tu fermes les yeux, les « réouvres » et toujours là ! la petite bestiole assise là au coin du lit, tu resoulèves une lourde paupière et voilà que cet espèce de « pingouin » me sourit, le deuxième volet ouvert et « chaplin » a sauté sur mes genoux. Bon alors là ! il est grand temps que je me soigne, allez hop ! la tête sous les draps et bonjour morphée…

Hop ! Hop ! youppiii ! c'est pas vrai ! « ce petit con » qui joue du trampoline sur petit below qui d'ailleurs a pris de l'envergure demain je reprends le sport, promis !

Adieu veaux, vaches, cochons. Demain, je refais le bourrin du sport, du sport et du sport, bon je reviens à mes moutons (je sais c'est idiot, mais ça fait imagé).

Un peu de courage, facile à dire…

Hop je tire le drap d'un coup sec et p'tit machin qui roule au bas du lit, le fou rire me prend impossible de s'arrêter quelle soirée de « tarés »…

Mais « merde » euh désolé flûte mince zut il ne bouge plus, frisson, le poids de ma « connerie » m'accable.

Pause Sénile 1
feuille blanche

Je ne sais comment
te donner un monde plus beau
je n'ai pas le talent
de ces musiciens des mots
magiciens de tempo

Je ne sais comment
te faire rêver
trouver les mots refrain
Les plus beaux les plus chauds
je ne suis, ne suis…

Je ne sais comment
perdu dans la Voie lactée
du cahier de mes pensées
je ne suis qu'absence
pour cette feuille blanche
chagrin de mes doléances
parchemin de mes ignorances

Refrain

Je ne sais comment
je ne sais faire sans
cette main qui me tourmente
qui m'inflige sa cadence
je hais cette feuille blanche
rappel de mon incompétence

Refrain

Je ne sais comment...
... je ne suis suis...
qu'un simple...
bâton de papier
(évolution, révolution)
le bâton s'envole
petit crayon de papier
prend la parole
pour dénoncer
l'hypocrisie, l'indécence
l'indifférence, l'intolérance
la souffrance
pour crier chanter gueuler
la vie
pour briser les barreaux de la misère...

(Le ridicule ne tue pas alors profitons-en, tu me diras que l'on a édité des tonnes de livres qui n'auraient jamais dû quitter la forêt) non seulement j'ai la prétention d'écrire une bafouille mais en plus, je vais vous prendre la tête avec mes « chansons » jolis mots trop souvent usurpés, mais du moment que l'on éprouve du plaisir, alors pour ma seule « gribouille » story je vais y mettre le paquet, pauvres de vous… et tout d'abord messieurs les érudits un bouquin ça se raconte, ça se chante, ça se partage. Quels plus beaux souvenirs d'enfance que les histoires « chantées » au pied du lit d'une voix douce et familière qui nous glissait nous emportait dans le sommeil heureux et confiant tout en nourrissant nos rêves et douces nuits…

Alors PAPA, MAMAN s'il vous plaît, n'oubliez pas ces petits moments de bonheur.

Racontez ! Chantez ! À votre manière de toute votre tendresse, votre maladresse aussi…

« S'il est vrai que le cœur des hommes s'agrandit au vol des chansons pour être meilleurs que nous sommes alors, chantons ! » (Eugène Bizeau).

Je me mets bien à écrire, bon d'accord ! je le fais comme je cause c'est assez bordélique, aucun style des fautes à en « chier », mais il paraît que la langue française est vivante et l'argot fait partie de notre vie, alors que les pages bougent et s'envolent au-delà des lois, des contraintes et des preneurs de « chou ».

OH LALA ! je m'encrasse et « tête d'ampoule » il devient quoi dans tout ce charabia…

Je m'approche lentement, le regard froid, la dégaine genre balèze tu vois Goliath qui va écraser sereinement David en se foutant pas mal des suites de l'histoire. D'un doigt sûr et « robuste » je m'en vais lui appuyer sur l'tarin…

OUARGH ! OUARGH !… panique… « grenouille » me plante de petits chicots étincelants dans le bout de gras de mon petit doigt a mouahh ouach mama ! mais le pire tu sais, ça m'a fait du bien comme une décharge électrique de bonheur un éclair de rigolade et nous voilà tous les deux écroulés de rire sur ma moquette qui n'en demandait pas tant (pas facile la vie d'une moquette) de plus que mon nouveau pote de bidonnade émet de petits prrrt prrrt assez zarbis inquiétant pour la fée de logis que je suis…

— Eh man ! me sort de mes sombres pensées.

— Eh man ! tu percutes ?

Ouach mama ! Il me cause maintenant et je dois vraiment avoir l'air chic planète, car les prrrrt reprennent de plus belle et me rendent ma bonne humeur.

— Eh man ! ouap doo ouap on bouge !

— On bouge ? ouach mama qu'est ce qui m'arrive ? Je plane, me voilà assis là, tête d'« ampoule » sur l'épaule…

— Monsieur ! Monsieur !

Une voix douce et maternelle me sort de ma gamberge.

— Monsieur un petit apéritif ?

(Me voilà assis là, à bord d'un engin peut-être, un 747 ou… dans mon cas plutôt une chic navette.)

— Euh non merci un verre d'eau s'il vous plaît…

(Atterrissage plutôt brutal, la voix mélodieuse s'est transformée en une hôtesse « family Adams », en plus avec machin chose sur les épaules je nage en plein cartoon en parlant de la chose je ne t'ai pas fait les présentations, mais au fait c'est vrai que je n'en sais pas plus que toi…

— Hey galopin ! (sniff ! petite pensée pour la soirée de la veille…) c'est quoi ton blaze pourquoi tu m'as choisi, qu'est-ce que je fous là, ça mène où tout ce bordel…

(À voir sa tête d'emplumé, je vois que je l'ai scotché… scié… cassé…)

— Oh là là là man ! mets le frein on n'est pas à la bourre…

— Eh ! comment qui me parle tête de korrigan !

— Allez, t'emballe pas, mon nom est Packies et je suis un mangeur de cauchemar.

— Qu'est-ce que tu m'embrouilles là un bouffeur de misère, là l'indien tu y vas un peu fort !

— PACKIES ! mon nom est PACKIES ! James Packies ! (hum ! Hum !) (I'm a packman… mmm…)

Je fais en sorte que vos nuits soient belles et si jamais votre esprit vagabonde dans la mauvaise direction du non-retour, un pt'it coup de chicot et hop ouap doo ouap ! le réveil prrrt prrrt !

Ça y est, il remet ça et moi avec et un pt'it tour de rigolade un, calme-toi, calme-toi, mes compagnons de voyage me matent d'un air un peu trop compatissant à mon goût…

— Mais au fait il n'y a que moi qui te vois t'entends ?

— Yes papa ! c'est ton rêve demain tu m'auras oublié, retour à la réalité…

Et je ne t'ai pas choisi tu m'as appelé !

— Moi ? Mouah ? Mouah ? Ouaf !

— Ton désespoir ! désespomme ! désespêche ! (désolé, tu vois que j'peux dire des trucs à la « con » aussi… (hum ! Rehum ! Prrrt prrrrt prrrrrt), tu commençais à mal délirer et alors ! et alors ! et alors !…

Packies est arrivé eeeeh le beau Packies… lalalaa… (humm ! et rehummm ! prrrt prrrrrt…

(Je vous avais prévenus, un bouquin ça se chante… Ohlalalala… pauvre de vous…)

— OK pack remet tes rollers et explique-moi.

— Ouap doo ouap ! on bouge !…

Mesdames, Messieurs, éteignez vos cigarettes, redressez votre siège, attachez votre ceinture, nous allons nous poser sur l'aéroport de Pointe-à-Pitre la température extérieure est de 29° taux d'humidité est de 80 % 11 est 8 h 45 heure locale veuillez ne pas hurler avant l'arrêt total de l'appareil Merci…

— Ouuach ! mama ! la Guadeloupe ! non d'un stroumph ! euh ! il faudrait peut-être que j'arrête de penser tout haut car là mes sacs à dos de fortunes se foutent carrément de ma poire, du coup je leur offre mon plus beau sourire simple et à faire fondre les Blanche Neige, à laisser pieuter la belle au bois dormant à prendre cendrillon pour une citrouille enfin à me laisser rêver peinard car ça commence à prendre une belle allure et je ne veux rien manquer, « chic planète dansons dessus… lalala… »

Pause sénile 2
L'arbre du voyageur (reggae/ragga)

Tu restes humble
Après tant de labeurs, d'une vie bien remplie
honnête et simple,
petits malheurs, petits soucis, d'une existence
sans prétention, d'ambitions, d'exigences

(yeah) tu t'es assis auprès de l'arbre du voyageur
Sans raison, juste une pulsion
tu as rêvé d'un ailleurs   refrain
D'une petite balade, d'un futur nomade
auprès de l'arbre du voyageur…

Après tant de jours consacrés à l'amitié
aux festins de l'amour
petits tours du destin
aux lendemains
que l'on souhaite meilleurs (ensoleillés)

(yeah)... tu t'es   refrain

Après tant d'incertitudes, de violences
la ronde de l'argent (les cadences)
le cirque des pensées
petites habitudes
d'hommes civilisés

(yeah)... tu t'es...   refrain

Assis à l'ombre de ton cœur
le sourire de tes enfants, pétillant d'amour
tu remercies chaque jour les nomades du bonheur
en tous, l'arbre du voyageur...

(yeah)... tu t'es...

(Voilà que cela me reprend, il ne manquerait plus que je t'les chante sur CD accompagne à c'te brouillon de vie et là tu comprendras que toi aussi tu as besoin d'un « packies » perso).

En parlant de mon nouveau « ptit chum » je finis les présentations.

Imagine, imagine tu prends un titi celui de gros minet tu lui fais sauter le bec lui rajoute des poils, un stetson sur le crâne, un bel anneau de pirate sur sa petite feuille gauche, des tiags, un petit pif rond tout bleu des yeux bleu vert un peu smarties sur les bords, de belles bacchantes, une grosse chebou toute souriante (une banane OGM ?) de petits chicots étincelants, quelques petites rondeurs et tu te retrouves devant un packies du moins le mien « personnalisé »… oui, c'est vrai qu'il n'est pas aussi ordinaire que je te l'ai fait croire, il est aussi terriblement…

Mais ça, c'est une autre histoire…

Guadeloupe ! GWADA !

(Les petites Antilles, département d'outre-mer, appelée l'île papillon (avec Pointe-à-Pitre qui fait la jointure entre Basse-terre et Grande-terre deux parties distinctes de l'île) et entouré dans Sa Majesté d'îles moindres au nom enchanteur de Marie Galante, Les Saintes, la Désirade, Saint-Martin…)

— Dis-moi pack ! quand j'te jase personne ne réagit !

— C'est normal on s'télépathe !

— C'est télépatant ! (hum !)

— C'est navrant !

— Oh tu sais « to be or not to be » à bien fait le tour des bacs.

— « Génération M », un président.

— « Une banque vous doit des comptes », la honte.

— « Manger des pommes », un autre président.

— « Malien rythme aérien », relahonte.

— « Un nouvel élan » « une France forte » « travailler plus pour… blah blah blah… » y a du niveau ?

— « Jeanne D'arc fête » des antimémoires (misère, misère).

— « Four crématoire un détail », le cauchemar recommence il n'y a pas de mot (pire que Rerelahonte)…

Pause sénile 3

Petites chroniques de la douleur

(vivant ! écrire pour crier en silence)

Toujours présente
la bête en attente
perfide cachée
elle est là annihile la pensée
j'ai mal ce mal permanent
qui te bouffe la tète
j'ai mal ce mal infamant
la douleur en mon être
toujours ils attisent les peurs
entre ombres et brouillard
les loups tapis dans le noir
enfantent le malheur
j'ai mal ce mal qui ronge
qui hante mes rêves
j'ai mal ce mal ces mensonges

la douleur jusqu'à ce que j'en crève
toujours la haine insidieuse
la java des chaussettes à clous
la valse des chemises noires
j'ai mal ce mal permanent
qui te nique le présent
j'ai mal ce mal latent
la douleur des os à l'inconscient
toujours sur l'ignorance
la peste brune avance
jetant la tolérance aux chacals
rendant le rejet banal
j'ai mal ce mal invisible
qui me déchire les muscles
ce mal qui me met les nerfs à vif
la douleur en porte-drapeau
je refuse ces maux ce mal
prêt au combat à la révolte
un futur pour les enfants du monde
sans frontières sans douleur...

Bon je ne vais pas m'arrêter sur ces personnages ou autres idéologies malsaines mais désormais je prends le droit le gerber sur tout ce que je trouve hypocrite indécent, foutage de gueules et autres (désolé)mais c'est ma seule bafouille…

Pause sénile 4

Elephant Man

(rêves brisés)

(basse line) (batterie)

(trip hop)

Nuque brisée
tête trop lourde

You're not an animal
you're a human being   refrain
You're a man

Dernier pied de nez
à l'humanité
you're not…
tu meurs
cœur trop lourd
you're not…

Refrain

Gens civilisés drôles de mœurs
aveugles et sourds
tu t'meurs réalité
incompréhension exclusion religions identité misère
infirmité
différences papiers policé flic hé !

We are the animals
charognards des rêves brisés…

Alors pour aller à contre-pied de tous ces tues la joie, je préfère te parler de beauté "sur la terre comme au ciel tête en l'air amoureux… lalalaa…".

— OK papa ! remet tes sandales et respire.

— Ouah la claque ! une main géante ma pris dans son étau chaud et humide premier contact collant et poisseux avec la Caraïbe, pack lui se porte bien et à mon gout a pris un bon coup de "jaune" (hum !).

— Allwright man, désape-toi enfiles un short, desserre les fesses et respire.

— Ça y est, je me sens mieux.

— Tu ne sens rien d'autre, ferme les yeux.

— Attends hum la chaleur, une chaleur enivrante, au parfum ensorceleur… hummmm…

— Ouap doo ouap je t'emmène, tu sais chaque pays a son odeur, son identité propre, le petit truc qui te titille les narines, qui te rattache à eux, un peu comme le jardin de “senteurs” de ton enfance qui un jour ou l’autre revient à ton esprit, le parfum est la nostalgie de la mémoire, sensation bonne ou mauvaise du vécu, mais laisse-toi imprégner des arômes de ce qui vie, c’est le début du voyage…

— Ben là packo tu me bluffes t’es un poète ! pouet « je lui fais pouet pouet on se fait pouet pouet… »

— Prrrt prrtt… hum !

— (Humm)Hey Packo ! ça sent les pieds, lâche tes tiags stp ! pour le bien de tous…

— (Hum !) prrrrtt prrrttttt…

Et nous sortîmes comme deux cinglés écroulés de l’aéroport (tout cela en se télépatant) épatant non ! (humm), direction Pointe-à-Pitre.

Arrivés Place de la victoire bien agitée, un monde fou, une sarabande endiablée nous dépasse accompagnée d’un tumulte et d’un son qui réveillerais les bonnes âmes du père Lachaise (ainsi que du père Benoit, voir Saint-Colombel, hummmm !) et mon petit pack qui se trémousse en se balançant comme un damné accroché à une de mes oreilles que j’ai ma foi imposante ce qui fait tout mon charme hummmmm ») nous sommes en plein déboulé (carnaval)…

La foule bigarrée nous invite dans sa farandole et en quelques minutes tu apprends ce qu’est la Caraïbe : toute sa diversité, sa générosité, l’envie de vivre l'instant présent, les sourires, les rythmes, la danse, les couleurs chatoyantes, chaleur du cœur, des corps, du soleil, la liberté…

Mon ti'Pack n'arrête pas de danser de gesticuler depuis des heures moi honnêtement je n'en peux plus, il faut que je mange et boive quelque chose, sinon » j'ai le gosier qui se lasse être tout sec quelle horreur lalalalala… » et d'ailleurs packo est un petit peu trop rouge à mon gout. J'ai bien peur qu'il se pète un boyau de la tête « l'Ostrogot ».

— Hey ti'pack une petite bière et un l'agoulou (genre burger made in Gwada très copieux).

— Un léger miam ! miam ! et glouglou sors du bec de packo, je pense que mon z'ami est HS.

— Ola packo ! remets-toi.

— Prrrrt prrrrrt

Et le morpion mort de rire, en fait cette tête d'ampoule se moquait bien de la mienne par une pâle imitation (c'est vrai que j'étais un poil rougeot et que je bafouillais léger…), il redevint de couleur normale (enfin jaune quoi !) en moins de deux et m'honora de deux prrrrt prrt qui m'ont redonné le sourire, mais pas ma couleur normale (« pôvre » demouah) j'avais abusé de trop de soleil, de danses de chants… mais c'est si bon alors la couleur on s'en fout… d'un pas décidé et léger, nous nous dirigeons vers un petit « lolo » que j'ai aperçu au bord des quais, lequel à la bonne idée d'avoir quelques chaises et surtout un magnifique flamboyant qui ne demande qu'à nous accueillir sous son ombrage bienveillant. Ah le paradis… Un large et beau sourire de bienvenue me sort de mon « planage » (mouah pas parler bien la france tant pis, j'en ai des tonnes des « fourchages », la langue française est si généreuse que tous pouvons en jouer à notre guise, le bonheur ! aucune barrière, du ghetto des banlieues, dans nos campagnes, aux hautes sphères de la société, on la malaxe la maltraite la cajole la transforme l'enrichi de toutes nos différences heureux métissage ; éternel apprentissage de la LIBERTÉ…

Pause : Hymne à l'ÂME SŒUR

Un rayon de miel sur une fine langue
un soleil levant derrière les montagnes
une fleur épanouie
un visage ébloui
une tranquillité
une joie
un amour,
telle est mon amie,
l'image
de la vie qui nous sourit.

De Monsieur Guy Accipe, Gwada février 83,
Paroles & langues… LIBERTÉ…

Le sourire franc et sincère était celui d'une jolie doudou d'un certain âge, couleur ébène au port de tête digne d'une reine AFRIKA, fière, dégageant une force et grâce naturelle…

… LIBERTÉ…

— sa ou fé timoun ?

— saka maché ? mési et zot ?…

(Je triche un peu car c'est le petit margouillat qui me souffle des rudiments de créole (Liberté…), alors je me la pète un peu, mais je fais gaffe car je ne connais pas le niveau de packo en « pawols kreyol » alors si ça s'emballe je vais passer pour Mr guignol surtout avec ma face de rosbeef cramoisie… alea jacta est… LIBERTÉ… Mais ce coquin de sort est bien fait…

— Vous avez l'accent breizh ! ti mal…

— Je sors juste de mon île, c'est vrai ! (euh de mon lit).

— Bretagne zone heureuse, dit-elle rêveuse… BZH…

Je viens de BELLE-ÎLE et toi semelle de vent ?…

— De la RIA d'ETEL à NOSTANG dis-je, non sans fierté… Liberté…

— Et ! le rouge est la couleur naturelle là-bas ? dit-elle gentiment, je sens le cramoisi reprendre le dessus, j'ai chopé le syndrome de la plaque, je crois, syndrome très connu avec celui de Peter Pan… LIBERTÉ… chez les pochtrons Bretons ! va savoir pourquoi on plaque (apparition de taches rougeâtres en générale sur la face, dans le cou, bon c'est pas moche même rigolo, mais cela donne chaud… alors là, là, j'ai vraiment soif…

Et tête de piaf dans tout ça ! oh lui il est déjà installé dans un joli hamac couleur madras fixé entre deux branches du majestueux flamboyant, un cocktail à la main et en grande conversation avec un joli colibri (emblème totem qui symbolise la légèreté et la joie de vivre dans la Caraïbe).

(Eh ben « gatch » on en apprend des choses... (pensées du futur lecteur) ouais, je sais, je sais… modestie… hummmmmm !)

Je ne sais pas sur quoi ils argumentent mais je pencherai pour une disserte sur ma personne « irisé », au vu des petits sourires moqueurs à mon égard (légère plaque !) m'enfin ! je les snobe et me retourne vers le charme de ma CeltAfrika qui n'en est pas moins « polissone »…

— komz tam brezhoneg ?

— nann tamuch !

Pause : prise de tête

Bon, je ne vais pas vous macher tout le boulot, un peu de curiosité ; le dictionnaire Breton/Français peut vous aider…

Le parlé BRETON (contradiction)

(C'est vrai je suis légèrement chauvin, alors que je me considère comme « citoyen » du monde… abolir les frontières… LIBERTÉ…)

Mais je ne vois pas ça comme une barrière c'est juste le parlé de l'amitié, de notre culture, notre identité, des non-dits au tout petits, des secrets des tout grands, des révoltes, des gros mots, des beuveries, du rire, du partage, de la vie quotidienne, de la camaraderie, du paysan, du pêcheur, du prolo, des gueux, des gens heureux, des vivants, des morts aussi… LIBERTÉ…

Des gens plus « instruits » plus « modernes » ont essayé de l'interdire, de le proscrire alors que c'est vraiment toutes ces différences assemblées qui feront de nous l'HUMAIN…

Utopie ? Harmonie ? Liberté d'y croire ! les mots les langues les silences, petites pierres parsemées çà et là, fondation de la route vers la tolérance eh oui j'assume ma breiz négritude…

(Petit clin d'œil à Aimé Césaire)

Pack « oh » viens me sortir de mon délire pseudophilosophique de vieux « pochtron enfumé » (voir même un peu boucané)…

— Hey ho penn-skanv (tête en l'air).

— Day O ! day O ! work all night on a drink a rhum day O !

Daylight come and we want go home day O… lalalalala… (banana boat song Harry Belafonte… respect… écouté le svp. version beetlejuice…)

— Hey oh ! orin ! (homme bizarre)

— M'voui

— Mon pt'it chum foufou (colibri en créole) veut te siffler un air.

— Avec pleze mon ami.

— Fais gaffe il est très délicat si tu peux éviter tes jeux de mots un peu chelou…

— Celui-ci se met en position stationnaire juste devant mon joli nez mes petites crottes n'en mènent pas large de là qu'il me prenne pour un bougainvillier et qu'il commence à me « crottedenezlisé » hummm je sais c'est pas léger. Léger… foufou quant à lui est un petit être charmant et très érudit je comprends tout ce qu'il me raconte et cela ne m'étonne pas, il va falloir que j'essaie de voler comme lui (le seul piaf à pouvoir le faire, la classe !) mais pour cela il faudrait que les ailes me poussent, qui sait ?

Foufou est un vrai puits de science une sorte de wikicolibri, de sa petite voix fluette

— twi twi twi toui…

(c'est du colibri je sais vous ne pouvez pas comprendre, je vais essayer de traduire c'est très bref mais très riche).

Il me parle de ses origines de son amour pour la caraïbe, de son histoire… du peuplement amérindien de ses îles vierges, de la main mise des conquistadores espagnols à coup d'arquebuses et d'épées, du massacre des ARAWAKS décimés jusqu'aux derniers, imités plus tard par les colonies Françaises et la traite des noirs, de l'esclavage, de la révolte des nèg'marron, des différents mouvements sociaux pour en arriver à aujourd'hui… sur cettc place, réunis par M. carnaval…

Là maintenant foufou me la joue guide « tourista ».

Il me parle simplement aussi de la vie belle et cruelle parfois (de canne à sucre, de rhum, de musique, de chants, de danses, des chars a bœuf de Marie Galante, me décrit avec émerveillement la forêt tropicale, la faune, la flore luxuriante, les cascades, les rivières, les plages de sable noir ou doré, les mangroves et ses palétuviers a la sève toxique, le chant des campagnes, le tumulte de l'océan et de ses occupants dauphin, baleines, raies, tortues noires, poissons de toutes les couleurs, de la brise marine qui vous embaume le bec, de l'air chaud humide quelquefois câlin ou impétueux fomentant tempêtes cyclone (ex : HUGO) et ouragan balayant l'orgueil de ses petits hommes leur apprenant l'humilité en espérant la sagesse… de l'imposante… vye madanm la… (vieille dame la soufrière) trônant du haut de ses 1500 mètres sur l'archipel… de la terre qui bouge…

— Twiiiiiiiiiit…

(Trad : je dois me sauver mes pt'iots m'attendent, je vous laisse portez-vous bien toi et les tiens à un autre soleil ! zoub zoub zoubbiiiih ! salut du cœur !

— Salut à toi amie tu es la plus jolie un grand merci… twi. à tes enfants…

— Twitwiiiiiiiiiiiiii (h. aspiré)

(Ça, je ne peux traduire pudeur oblige)

J'essuyai à peine mes larmes de bonheur que Mama AFRIKA me rappelle à son sourire.

— Allez pt'it gars c'est bon, je remballe et je t'emmène c'est le jour du « grand vidé » nous allons bruler VAVAL !

Packo qui s'était assoupi dans le hamac bondit comme un feu-follet et se mit à chanter accompagné de petits prrrt prrt qui finir de sécher les fourmis dans mes yeux…

Allez mon « bougre » embarque ton « compère nous sommes partis !

— (mouah abasourdi) quoi ! tu le vois ! tu vois pack vindiou de vindiou milles sabord de milles sabord (mon côté marin), j'espère que nous sommes restées correctes à par les prrrt déplacés de pack…

— tu oublies que je suis une reine… prrt… prrrt. prrrrrttttt…

J'ai comme un doute cela ne sonne pas comme packo ! OH !

Et nous voilà tous les trois bidonnés nous enfonçant dans la foule en exaltation, bien que la chaleur se faisait moins pesante le moindre alizé nous redonnait de la vigueur, le ciel était dégagé, la nuit acceuillante, les bras changeaient sans répit de partenaire les mains se serraient amicalement, quelques baisers volés dans l'insouciance et l'allégresse, la marée humaine en liesse ondulait tel un long serpent enserrait vaval le poussant dans ses retranchements, l'ambiance était folle le brouhaha et l'impatience commençaient à monter toutes les frustrations de l'année passée condensées dans une communion de joie et de gaité…

Soudain la délivrance l'étincelle, l'embrasement de VAVAL roi déchu emportant avec lui tout le mauvais des 365 jours derniers… libération en chantant…

— « *vaval, vaval, vaval ka kité nous, malgré lavi la rèd, vaval ka kité nous* ».

Nous étions entourés d'effluve d'huile coco, d'épices, de piment, de goyave, de colombo, de vanille, et bien sûr de rhum (un peu de fifille poussant près de la maison… CHUT !) toute la Gwada concentrée en ce peuple uni joyeux et multicolore, parfum enivrant de LIBERTÉ…

Nous étions aussi il est vrai un peu transpirant et légèrement « vidé », mais là, toute guillerette MA.

AFRIKA avec PACKage sur l'épaule m'annonce que nous sommes attendus à une veillée et que la nuit était à nous. Direction Marie-Galante, un petit claquement de doigts a suffi à Pack pour nous y déposer en « direct live », à l'entrée de Roussel-trianon ancienne habitation sucrière. Nous pénétrons sur ce site chargé d'histoire assez impressionnant de nuit (les fantômes ne sont jamais bien loin) (lalala… la nuit promet d'être belle car voici qu'au fond du ciel apparait la lune rousse : champagne monsieur HIGELIN… TROUBADOUR POÈTE en plein cœur MERCI… les adjectifs me manquent RESPECT…), nous dépassons les bâtiments principaux dont le moulin à sucre qui dans l'obscurité et par un jeu de rayon de lune capricieux semble un géant s'étirant pour se loger la tête dans les étoiles pour trouver le repos mérité… sérénité… éternité… liberté…

Du repos, pas pour tout de suite me souffle packy, nous laissons derrière nous les vieilles pierres, pour nous engouffrer dans un champ labyrinthe de canne à sucre, l'air y est moite et chaud, malgré la douceur de la nuit, imaginez très tôt le matin un petit décollage (du rhum pour donner du courage tout en abrutissant surtout ne pas penser) (ça vous remet un facteur sur son vélo !) un coupe-coupe à la main la chaleur la poussière les fourmis qui vous picotent sans répit. Imaginez-vous à couper inlassablement cette canne à sucre, la chargée sur des chars a bœuf direction la raffinerie… des journées sans fin… l'image du char a bœuf très prisé des touristes n'a plus du tout la même saveur… OK, je m'égare encore ! du rhum ! ne plus penser…

Mais où va-t-on, cela fait un petit moment que nous marchons et Mama Afrika e nous en dit pas plus - hey ! Ma, elle se retourne l'index poser sur la bouche et me fait signe d'écouter, le silence, le silence, mais aussi il me semble un léger son comme un martèlement qui semble monter en puissance quoiqu'encore lointain sourd…

Mama me gratifie de son plus large sourire en m'ouvrant le passage, écartant de ses bras gracieux une rangée de cannes et la devant nous une sorte de grange immense me faisant penser à un navire échoué (je suis aux anges les histoires de pirates trop bien) (à lire pour s'évader" le roi des chiens »)…

— Ça va commencer et sur ses paroles, Ma pousse une vieille porte imposante et la devant nous dans une semi-obscurité je distingue une bonne vingtaine de personnes, la pièce paraît bien grande, toute l'allure d'un ancien tripot clandestin, des bonbonnes de rhum trainant ça et là, un plein panier d'igname et patate douce et autres plantains quelques régimes de bananes et des cannes à sucre jonchant le sol… courage pirate…

— Bienvenue ! princesse ! nous lance un bon gros bébé d'un mètre quatre-vingt-dix plus des kilos de bonhomie du petit nom de matis (don des dieux), la gentillesse éclaboussant son visage, présence rassurante dans ce lieu du passé.

Une à une les personnes se présentent à nous (n'oubliant pas pack tout ému) tous très chaleureux et accueillant, l'hospitalité sacrée des îles.

— Voilà mon ami, nous sommes dans un LEWOZ, tu vois celui-ci est l'un de ceux qui se rapproche le plus de nos traditions de « paysans », les esclaves, les ouvriers se retrouvaient pour des soirées de chants de danses et de pied de nez aussi au « propriétaire » (moyens d'évasion, de communiquer, de résister à l'oppression afin d'oublier l'espace d'une courte nuit leurs difficiles conditions d'existence). Tout cela au rythme des gwoka (percussions).

De nos jours, il existe des lewoz plus commerciaux et je sais que nous étions des privilégiés de pouvoir participer à celui-ci, seuls profanes « exotiques » admis.

C'est un vrai honneur et j'en suis vraiment tout « rouge » d'émotion (et aussi je l'avoue d'un petit décollage servi généreusement par une belle métisse qui m'a tout émoustillé hum avec modération…) on peut le dire heureusement c'est peu éclairé, mais pack ne s'est pas gêné pour en glisser un mot à MAMA et les deux compères me font des clins d'œil un peu trop complaisants, m'enfin je suis tellement bien ici que je les gratifie d'un prrrrt mémorable qui finit de les achever… LIBERTÉ.

Le martèlement sourd perçu avant de pénétrer dans notre arche se fait plus voluptueux plus charmeur celui commence à captiver l'audience et provient d'un grand échelât assis devant nous un « ka » entre les jambes, le visage bienveillant et des mains énOrmes puissantes mais d'une délicatesse à faire vibrer les « po » et qui semble apprivoiser et contenir toute la fougue du gwoka qui reste à l'affut, MAMA me dit que ce soir le groupe est composé d'un maké et de deux tambours boula (ka plus gros, son central), le maké marque la mélodie et invite les danseurs et les chanteurs à une sorte de « battle » entrainante et souvent endiablée.

Matis, d'une souplesse insoupçonnable au vu de sa morphologie est entré dans le demi-cercle formé autour des « tambouyé » et entame une chorégraphie que j'imagine représentant le dur labeur de sueur et de sang des coupeurs de canne et des paysans, son corps imposant se fait tantôt chétif, raboté par l'ardeur d'un soleil implacable et d'une fatigue insolente annihilante et tantôt il devient incassable soudain revigoré par une goutte d'eau ou d'un nuage compréhensif, l'illusion est parfaite, de grosses gouttes de sueur perles à nos fronts nos mains deviennent cagneuses les fourmis nous piquent sans relâche la poussière nous bloque la respiration nous devenons à notre tour des forçats d'une époque révolue… (qui sait)…

Dans un coin de la pièce, dans la pénombre une forte doudou assise sur un tonneau, prend l'initiative d'une chanson, sous forme de questionnement et toute l'assemblée « repondé », chanson des choses de la vie les enfants le boulot les maris les cocus le manger le boire les kankans, la cendre, etc., et à entendre les rires fuser et les tapes dans le dos, j'vous dis que ma doudou a un sérieux bagou et du répondant… et les chanté répondé s'accentuent…

TAMBOU LA YA KA SONNE, tonne MATIS, infatigable qui enchaine sur des pas de danse paraphrasé par le parlé musicale du maké, l'histoire de tout un peuple devant nos yeux, une femme les pieds nus habillée d'un simple short et d'un foulard madras protégeant sa poitrine, se place au côté de MATIS, petit détail touchant, son sourire est agrémenté des dents du bonheur, son être tout entier semble parcourir de soubresauts par les rythmes saccadés du maké, elle s'élève sur la pointe des pieds (se fait femme), le pas plus lourd maladroit (se fait homme), ouvre les bras (se fait offrande), se fait plus sensuelle, postures équivoques, et tourne, tourne virevolte sur elle-même la transe est là, l'envoutement du son la happe au plus profond de son esprit rebel et tourne, tourne sans répit, les bras levés au ciel (se fait mère)…

Les sens exacerbés, en ébullition la salle tout entière tape des mains, cries, chantes, ne tenant plus en place portée par le ka plusieurs « hôtes » entrent dans la danse rivalisant de dextérité « roots » sur ce toumblak joyeux et rapide, la frénésie reprend de plus belle la LIBERTÉ a pris le pouvoir vaval est bien mort ce soir et toute l'âme ancestrale des ANTILLES bien réelle dans cet instant hors du temps…

(Hum ! ben, il fait chaud ! hein ! biloute ! (gratuit) hum)

Pause sénile 4

Les étoiles serrées
(percus) (samba)

Tu as l'innocence de l'enfant
le savoir et la sagesse
de l'homme d'antan
le respect des traditions
de ton peuple du présent

Je me souviens d'un soir
ou le cœur émerveillé
tu accourus nous voir   refrain
En parlant des étoiles serrées
au son de ton djembé

Perles précieuses de l'éternité
illuminant de leur clarté
le seuil de ton foyer
ne faisant qu'un de l'imagination
et de la beauté

refrain

Univers à portée de la main
sur toutes les routes et chemins
le soir des étoiles serrées
notre voyage nous te dédions
pour l'amitié la liberté
étoiles de compréhension

Je me souviens djembé…

La soirée se terminant, nous quittons nos nouveaux amis, non sans tristesse, après maints remerciements, d'embrassades, de pleurs, de poignées de mains fermes et franches et de grands sourires le cœur ouvert… la vie à fleur de peau…

Une fois sortie « du bateau ivre », Mama m'entraine dans un petit chemin dessiné entre les cannes à sucre, la main sur mon épaule et Packies en balançoire sur une de ses boucles d'oreille s'éclatait comme un fou…

L'aube pointait son petit nez…

Au bout du sentier je devine la plage, une odeur de sable mouillé et un air iodé me chatouillant les narines, nous arrivâmes sur une petite anse isolée, une case de pêcheurs faite de tôles et de bric-à-brac, une vieille barque et rien de plus tout était tranquille et silencieux, appel au repos bien mérité, mais avant, une baignade, je ne vais pas vous faire le cliché de l'eau turquoise, etc., c'était tout simplement pas très chaud et légèrement crado mais tellement bon le pied !

Retour sur la plage, nu comme des vers nous nous allongeons sur le sable un peu frais.

— Hey MAMA, dis-moi pourquoi ? Matis t'a appelée princesse.

— C'est une autre histoire… Mais pour toi, je suis la princesse de tes songes…

— Ouille… m'enfin…

Sans me prévenir, Packo mon ami a enfoncé ses petits crocs étincelants dans le lobe de mon oreille si délicate hummm ! je sombre ! sombre, je suis loin, loin, loin…

Hummmmm cette main qui me trifouille les cheveux et redescend vers ma nuque…

… DAY O…, … DAY O…

… O BOULOT…

AH oui ! j'oubliai Packies plus que magique ?

Une chimère ?

NON, c'est tout simplement tous ces petits riens, ces choses anodines, qui font bouger ta carcasse le matin : GRACIAS A LA VIDA, c'est les yeux de ta maman, le sourire de ton papa, la main tendue d'un ami, les « guillis » dans le dos de ta femme, les doux ronflements de ton bébé en sécurité, c'est ta famille réunie, c'est le pain partagé, le vin offert, la maison ouverte, les bras accueillants, le salut du voisin, c'est la fête, la musique, les chansons, les rigolades, les ivresses, les amours, le sport, les mots, les livres, la photographie, les peintures, le cinéma, la danse, l'art, le streetart, les artistes, les saltimbanques, les artisans, héritage, graffitis, l'imagination, la nature, la faune, la flore, le soleil, la lune, les étoiles, les odeurs, les parfums, les épices, les voyages « les semelles de vent », la parole donnée, le rêve, l'amour, l'enfance, la liberté.

… C'est toi la maman de nos enfants…

Pauses **I have a dream**

VIVANT & LIBRE
INNOCENCE
(à toi) (hip-hop) (beat box)

Les simples d'esprit
ont cassé leurs télévisions,
retrouvé la conversation,
brisé les murs, brulé l'argent,
ouvert leurs cœurs
pour une petite fleur du temps
au parfum charmeur ensorceleur
pétales d'un nouveau printemps.
Ils ont
regardé tomber la pluie,

joué avec les nuages,
escaladé les barrières,
bravé les montagnes,
traversé les continents,
roulé dans la neige,
dévalé torrents cascades,
accrochés les étoiles,
pataugé dans les mers les rivières,
humé les océans,
allongés sous les cocotiers filaos olivier
dorés au soleil,
dansé sous la lune,
chanté avec les oiseaux,
parlé aux animaux,
aimé les peuples,
admiré notre monde,
posé les mains,
penchés sur le berceau,
embrassé ton bébé,
petite fleur d'innocence
magie de l'enfance,
se sont retirés
l'âme reposée le cœur léger.

Liberté, égalité, fraternité, utopie ?

LES TENANTS DU NOUVEAU MONDE (cumbia) (guimbarde)

Je me suis perdu rue de liberté
tout en chantant révolution
je les ai tous retrouvés
des chaines de la ville, aux barreaux des prisons
les égarés… les paumés
écoetera et tu verras

Tu sais que pour une fois (en somme)
le Nouveau Monde, il est pour toi refrain
petite tête ronde, petit homme
c'est pour toi, révolution

je me suis perdu rue de l'égalité
tout en chantant révolution
je les ai entendus prier
des squats aux pavés des sans maisons
les exilés… les sans papiers
écoetera et tu verras

Refrain

je me suis perdu, rue de la fraternité
tout en chantant révolution
je les ai vus pleurer des couloirs du métro aux murs
de l'emploi (des patrons)

les isolés… les rejetés
écoetera et tu verras

Refrain

je me suis planté rue de révolution
tout en chantant liberté
et je me suis vautré
macadam des libertés égalités fraternités
la tête éclatée
écoetera et tu rêveras
aux enfants du Nouveau Monde
rue de l'humanité
tout en sifflant révolution
TU SAIS…

It's a dream MR. L. KING :

« dénoncer une condition humaine honteuse garantir le droit indéniable de la vie, de la liberté, de la quête du bonheur »… le rêve…

Des mots
Écrire pour crier en silence

Toute la vie
tient dans ces quatre mots
CHANTER et RIRE, DORMIR, AIMER

Victor Hugo

Essence de vie

P S

Confortablement installé dans la position du penseur de Rodin dans le jardin secret de mes w.c.

Il me vient une idée. Quel est le mot que je kiffe le plus, quel est celui qui me picote les yeux qui me fait sentir vivant, lequel me fait du bien tout simplement dès la première fois que je l'ai entendu j'ai su…

C'est un petit bout de chou pas plus haut que trois pommes qui me l'a soufflé, il était là caché emmitouflé dans son petit cœur et a jaillit comme un océan de caresse d'une tendresse infinie…

PAPA. PA… PA… (j'en tremble encore… sniff… sniff…)

Pause sourire
(à mes enfants)

MADEMOISELLE

mademoiselle (pour margaux)
(début musique du parrain (parle plus bas car on pourrait bien nous surprendre...)

Mademoiselle
que vous êtes belle
mademoiselle
vous êtes celle refrain
mademoiselle
qui m'ensorcelle
mademoiselle
près de vous
je suis l'idiot je suis le fou

voilà je déraille
vos cheveux en bataille
au fond de vos yeux plongé
au contour de votre visage
que je parcours d'un doigt fébrile
vos oreilles que je mordille
votre lippe boudeuse un baisé posé
au rose de vos joues pincées
votre petit nez frotté
votre nuque de mon souffle frôlé
votre cou de reine embrassé
votre poitrine ma tête posée
votre cœur qui bat fort et révolté
vos côtes taquinées rires volés
vos sourires éblouissants et francs
vos câlins adorés

Refrain

De vos bras enlacés serrés
serrés en moi
partager vos secrets
vos soifs, vos envies
vos tempêtes, vos certitudes
vos doutes, vos libertés
mademoiselle
dis-moi
tes peines, tes bonheurs

mademoiselle
moi ton papa je te dis
cœur à cœur
je t'aime ma môme
ta douceur ta chaleur
tous les jours merci mon bébé
d'être toi ma demoiselle
... 7 8 9 10 petits doigts...
... Dis fais le tour de la maison... PAPA
... Bonne nuit petite... je ferme un volet... deux volets... jolis rêves... de beaux voyages à venir
À demain mon p'tit bout...
... B'nuit pa !... je suis l'idiot... je suis le fou fouuuuuuuuuuu

(2e version)

Je suis l'idiot je suis le fou
tu es la vie tu es le Nouveau Monde,
parle plus fort ? Parle plus fort
parle plus haut ? Parle debout
de l'humanité, de l'humilité, de la décence, de l'amour, de la vie, du bonheur, de la folie, du partage, de l'amitié, de l'espoir, du métissage, du respect, des rêves, des droits de tous, de la liberté, parle nous encore tu es la vie…

BON BEN VOUALA !

Maintenant à vous de jouer !

Des mots pour des maux
« Nos paroles s'emparent des joies
comme des tristesses,
elles sont
les ailes de nos savoirs intimes,
Elles sont
la langue précise
de nos visions, de nos rêves
autant que la musique est le métier à tisser
de nos songes »

LO'JO free like a bird

Dans la même collection

Pack en Amérique
Pack en Afrique
Pack en Asie
Pack en Polynésie
Pack au Canada
Pack en Europe
Pack sur la lune
Pack et Martine au marché
etc.

Petit aperçu de Polynésie
À un autre soleil (ukulélé)(percus)
Ex huahine

tum tum tum tum tum...
sur le chemin du p'tit bonhomme
de paris à Tahiti REFRAIN
dévoré la grosse pomme
notre monde paradis

mana... huahiné sucrée salée
mana... vêtue de beauté
mana... huahiné corps de femmes
mana... vérités oubliées
iaorana à un autre soleil nana...

Refrain

Mana... raiatea ari fenua
Mana... parée de l'âme maois
Mana... veille les maraes

Mana... raiatea à deux pas taha
iaorana à un autre soleil nana...

Refrain

Mana... moorea lumières sans pareil
Mana... ornée des cœurs amis
Mana... moorea ile soeur tahiti
Mana... iaorana à un autre soleil nana...

Refrain

Mana... bora lagon enfanté des cieux
Mana... habillée du souffle des dieux
Mana... bora non loin des yeux maupiti
Mana... iaorana à un autre soleil nana
mana polynésie
mana féerie
mana harmonie
mana tiki
mana maoi
mana vahiné
mana fenua
mana lève-toi
mana lève-toi
peuple maoi
iaorana à un autre soleil...

Brésil

The sound of the earth (percu/brésilien/fin carnaval)

hummmmmm' moque des interdits
hummmmmmm'fout des écrits

just
a cry of peace
a cry of freedom   REFRAIN
give us oh give us
the soul of the earth

hummmmmmm' seule chose dont j'ai envie
hummmmmmmm'sans rimes ni contre si

refrain

hummmmmmm'te balancer toutes sortes de son
hummmmmmm'petite musique sans prétention

refrain

hummmmmm'qu'la noire se mêle à la blanche
hummmmmm'que de ce sang mélange

refrain

hummmmmm'ptite chanson
hummmmmm'un truc tout con

refrain

hummmmmm'que métisse soit ce cri
hummmmmm'que nous offre la vie
humm just the soul of the earth
a cry of peace
the soul of the earth
a piece of cry
the soul of the earth
freedom for
shout
the soul of the earth
tears for peace
tears for freedom
and
listen listen
the sound of the earth

freedom… liberté… libertade… frankiz…

Salut du cœur à un autre soleil…

Que souffle la liberté,

Et comme dit ma femme

… « l'important c'est la rigolade »…

Tonton flingueur

Y a comme un arrière-gout de pomme… !

Remerciements

Merci & zoubbiiiiiiiiihhhhhhhhhhhhh

« Atout » cœur à stephou manon romane margaux…

À ma maman, mon papa, mes frères ;

À ma famille très patiente !

À mes amis, mais alors très patient !

À mon pô… vre éditeur (si j'avais su, j'serais pas venu…) ;

Aux écorchés, à bob « ma souris déglinguée » ;

À mon lapin nain « civet » qui n'a pas fini dans une cocotte mais en amuse-bouche bien carbonisé par une indigestion de câbles électriques ;

À « lolo ferrari » ma tortue à (bosse) 100 mètres en 24 h, au 24 h du Mans une bombe…

À feue « tartiflette » ovule à quatre pattes mère de tous les « batards » du canton et qui est l'initiatrice de la réouverture des « niches closes » un succès !

À « voyou » roi du quartier qui a un malin plaisir à grignoter mollets et chevilles des insolents cyclistes ou coureurs à pied, profanant son territoire…

Aux nouveaux venus « rolly & patch » qui s'entendent comme larrons en foire…

À « vagabon » mon chaton de quatre mois qui un beau matin est parti le baluchon sur le dos vivre l'aventure ;

À mes poules qui rien parce que c'est con une poule ;

À notre bouc « bibi », devenue chèvre sans être la risée ou la tête de Turc de ses congénères comme quoi nous avons beaucoup à apprendre des animaux

« go back to the tree » ;

Aux futurs 5 milliards de lecteurs de ce manifeste un seul mot… LIBERTÉ…

À "Charlie" nos "frangins" qui nous ont ouvert les routes de la liberté et qui le temps d'un instant, réunis, nous ont appris à être…" beaux."… (pleures au ô peuple bien aimé)… LIBERTÉ…

gracias a los déglinguos… libertad…

GRACIAS A LA VIDA ! CANTO LIBRE !

PS : spéciale dédicace à mon photo gaffeur Romain

Imprimé en France
Achevé d'imprimer en mars 2022
Dépôt légal : février 2022

Pour

Le Lys Bleu Éditions
40, rue du Louvre
75001 Paris